D1075289

Louise Leblanc

Sophie fait des folies

Illustrations
de Marie-Louise Gay

la courte échelle

Les éditions de la courte échelle inc.
5243, boul. Saint-Laurent
Montréal (Québec) H2T 1S4
www.courteechelle.com

Conception graphique de l'intérieur:
Derome design inc.

Révision des textes:
Lise Duquette

Dépôt légal, 3e trimestre 1995
Bibliothèque nationale du Québec

La courte échelle reconnaît l'aide financière du gouvernement du Canada par l'entremise du Programme d'aide au développement de l'industrie de l'édition pour ses activités d'édition. La courte échelle est aussi inscrite au programme de subvention globale du Conseil des Arts du Canada et reçoit l'appui du gouvernement du Québec par l'intermédiaire de la SODEC.

La courte échelle bénéficie également du Programme de crédit d'impôt pour l'édition de livres — Gestion SODEC — du gouvernement du Québec.

Données de catalogage avant publication (Canada)

Leblanc, Louise

Sophie fait des folies

(Premier Roman; PR44)

ISBN 2-89021-244-0

I. Gay, Marie-Louise. II. Titre. III. Collection.

PS8573.E25S645 1995 jC843'.54 C95-940504-6
PS9573.E25S645 1995
PZ23.L42So 1995

Imprimé au Canada

Louise Leblanc

Née à Montréal, Louise Leblanc a d'abord enseigné le français, avant d'exercer différents métiers: mannequin, recherchiste, rédactrice publicitaire. Elle a aussi fait du théâtre, du mime, de la danse, du piano et elle pratique plusieurs sports.

Depuis 1985, elle se consacre à l'écriture. Sa série Léonard, publiée dans la collection Premier Roman, fait un malheur auprès des jeunes amateurs de vampires. *Deux amis dans la nuit*, le deuxième titre de la série, a d'ailleurs remporté le prix du livre de jeunesse Québec/Wallonie-Bruxelles 1998. Son héroïne Sophie connaît aussi un grand succès. En 1993, Louise Leblanc obtenait la première place au palmarès des clubs de la Livromagie pour *Sophie lance et compte*. Plusieurs titres de cette série sont traduits en anglais, en espagnol, en danois, en grec et en slovène. Louise Leblanc est également auteure de nouvelles et de romans pour les adultes, dont *37½AA* qui lui a valu le prix Robert-Cliche, et elle écrit pour la radio et la télévision.

Marie-Louise Gay

Née à Québec, Marie-Louise Gay a étudié à Montréal et à San Francisco. Depuis plus de vingt ans, elle écrit et illustre ses propres albums. Elle est également l'auteure de plusieurs pièces de théâtre pour les jeunes, dont *Qui a peur de Loulou?* et *Le jardin de Babel*, pour lesquelles elle a créé les costumes, les décors et les marionnettes. Son talent dépasse les frontières du Québec, puisque l'on retrouve ses livres dans plusieurs pays dans le monde. Elle a remporté de nombreux prix prestigieux dont, en 1984, les deux prix du Conseil des Arts en illustration jeunesse, catégories française et anglaise, et, en 1987 et en 2000, le Prix du Gouverneur général.

De la même auteure, à la courte échelle

Collection Albums

Le chevalier de l'alphabet

Collection Premier Roman

Série Sophie:

Ça suffit, Sophie!
Sophie lance et compte
Ça va mal pour Sophie
Sophie part en voyage
Sophie est en danger
Sophie fait des folies
Sophie vit un cauchemar
Sophie devient sage
Sophie prend les grands moyens
Sophie veut vivre sa vie
Sophie court après la fortune
Sophie découvre l'envers du décor
Sophie part en orbite
Sophie défend les petits fantômes
Sophie est la honte de la famille

Série Léonard:

Le tombeau mystérieux
Deux amis dans la nuit
Le tombeau en péril
Cinéma chez les vampires
Le bon, la brute et le vampire
Un vampire en détresse
Le secret de mon ami vampire
Les vampires sortent de l'ombre

Louise Leblanc

Sophie fait des folies

Illustrations
de Marie-Louise Gay

la courte échelle

1
Sophie est terrifiée

Trois heures du matin. Pendant que tout le monde se repose, je sssoufffre, AÏE! J'ai des crampes! Et j'ai... heurk... mal au coeur!

Ma mère dit que je fais une gastro-entérite sérieuse. Ça veut dire que je passe ma vie aux toilettes. Je ressemble à Doudou, mon vieux toutou qui perd ses entrailles de partout.

— Psitt! Sophie! C'est moi!

C'est Julien! Mon petit frère de cinq ans.

— Je veux dormir avec toi, pleurniche-t-il. Moi aussi, j'ai le gâteau-qui-irrite, aïe!

Comme toujours, Julien n'a rien compris.

— Pas le gâteau-qui-irrite, Julien. La GASTRO-ENTÉRITE.

— C'est le gâteau que j'ai mangé, je te dis! Dedans, il y avait le méchant microbe. AÏE!

Je ne suis pas assez en santé pour discuter avec Julien. Mon coeur fait un bond dans ma gorge. Je me précipite vers la salle de bains. Là, je reçois un choc: mon frère Laurent est assis sur la toilette.

— Qu'est-ce que tu fais là?

— Bien, je fais caca!

— En pleine nuit!

— Il n'y a pas d'heure pour faire caca. Puis tu as occupé la salle de bains toute la journée.

— Ôte-toi de là! Je...

Je... heurk... dans le lavabo, au moment où mon père arrive avec Julien. Je tombe dans ses bras.

— Tu es brûlante! s'exclame-t-il. Ça n'a plus de bon sens. Il faut t'amener à l'hôpital.

— Moi aussi, dit Julien. Aïe!

Mon père est dépassé par les événements.

— Laurent! Va prévenir ta mère.

— Je n'ai pas fini, proteste Laurent.

— Ce n'est pas le moment de discuter!

Laurent obéit en maugréant:

— Je ne veux pas discuter, je veux faire caca.

Je n'en reviens pas comme Laurent est égoïste. Et il n'a que sept ans!

Dix minutes plus tard, la

famille est prête à partir. Ma mère transporte un paquet dans une couverture. C'est ma petite soeur Bébé-Ange qui dort. BOUOUHOU! Qui dormait...

À l'hôpital, l'infirmière lance un cri en nous voyant:

— Il y a une catastrophe en ville!

Puis, elle nous demande:

— Il y a d'autres victimes? Que s'est-il passé? Un incendie?

— Un incendie... euh... non, bafouille mon père. C'est ma fille qui a des crampes et...

— Et son fils Julien aussi, dit Julien.

Devant l'air ahuri de l'infirmière, ma mère donne des explications plus... médicales. Moi, je me sens de plus en plus faible. Ce n'est pas compliqué, je vais mourir. J'ai beau le dire, personne ne m'entend. Sauf Laurent:

— Si tu meurs, j'hérite de ton baladeur.

Je n'ai pas le temps de lui répondre: «NON!» Parce que... je... meurs...

***

Pour l'instant, je ne trouve pas ça si terrible de mourir. Je

suis devenue une petite boule de chaleur qui flotte dans le silence.

— Bonjour, Sophie! Je suis Marie-Ange!

Un ANGE! J'ai même un ange gardien. J'ouvre les yeux et j'aperçois une belle dame en blanc qui ressemble à une... INFIRMIÈRE! Je suis à l'hôpital!

— Tu es tombée sans connaissance, hier. Mais tu n'as rien de grave.

Je n'écoute plus, je me sens perdue. Je suis une enfant en danger de mort, abandonnée par ses parents!

— Tes parents vont revenir un peu plus tard. En attendant, ils t'ont envoyé quelqu'un.

— Mon petit chou!

MAMIE! Du coup, je me mets à pleurer! Et en plus, je découvre

une aiguille plantée dans mon bras. Je suis TERRIFIÉE!

— C'est un sérum pour te donner des forces, me rassure Mamie.

— J'ai peur quand même, Mamie. Comment ça se fait? Lorsque j'étais morte, je me sentais bien et maintenant j'ai peur de mourir.

— C'est la peur de l'inconnu! Ce qui est nouveau nous effraie. Mais la vie est faite de changements. Et elle nous instruit petit à petit. Il suffit de l'écouter.

— J'aimerais mieux l'écouter à la maison et même, à l'école!

Mamie me trouve drôle.

— Si l'école te manque, ne t'inquiète pas! Tu vas apprendre des choses, ici, en deux jours.

Je suis désespérée:

— Encore deux... heurk!

— Tu as moins de fièvre, mais il faut surveiller ton alimentation. Puis tu ne seras plus seule, ajoute Mamie d’un ton mystérieux.

Elle ouvre son grand sac et elle en sort DOUDOU! Avec mon vieux toutou, j'aurai moins peur, c'est certain.

Je devine ce que vous pensez! Que je suis bébé. N'empêche que Mamie me comprend. Parce qu'elle aussi, elle sait ce qu'est... la solitude.

2
Sophie en apprend de belles!

Marie-Ange m'installe dans un fauteuil roulant. Je suis encore trop faible pour marcher. Elle me conduit dans une pièce où d'autres enfants attendent.

— Tu dois passer une radiographie, dit Marie-Ange. Tu verras, ce n'est rien. Je reviens te chercher dans une demi-heure.

Marie-Ange partie, je serre Doudou contre moi. Je ne peux rien faire d'autre. Pour la première fois de ma vie, je n'ai aucun plan. C'est terrible.

— Terribles! Je vous trouve terribles!

Je tourne la tête et j'aperçois une espèce de clown. Une face de lune sous une casquette bleu

ciel. Je n'ai pas envie de lui parler, à ce garçon!

— Super terribles, répète-t-il.

Je le saurai! Il me fatigue, fiou! Mais je me demande ce qu'il entend par là.

— Qu'est-ce que tu veux dire?

— Bien... je veux dire... euh... jolis.

Il veut rire de nous, lui. Doudou est affreux, et moi... Il s'adresse à quelqu'un d'autre, c'est certain. Je regarde derrière mon épaule. Il n'y a personne. C'est bien à moi qu'il parle. Jolie!? Il est malade, ce garçon.

TRÈS malade! Parce qu'il continue à me faire des compliments: que j'ai des super beaux cheveux. Des beaux cheveux, mes poils de pinceau! Et que j'ai...

— Aigle Noir! c'est à toi, appelle une infirmière.

Aigle Noir se lève. C'est mon clown à casquette! Avant de partir, il ajoute:

— Et tes yeux, ils sont terribles! Ils... crachent le feu!

Mes yeux crachent le feu!? Ouais, je pense que ça, c'est vrai. Et en plus, je suis malade...

***

De retour dans mon lit, je n'arrête pas de penser à Aigle Noir. Vous savez ce qu'il m'a promis? Qu'on allait se revoir!

Moi, je veux bien. Il a peut-être un tas d'autres choses... intéressantes à me révéler. Mais il ne sait pas où je suis dans l'hôpital. Comme une idiote, je ne le lui

e reste avec toi, chuchote

lle s'en va. Vraiment bi

Tu as échappé ça, di
-Ange en me remettan
tite feuille de papier.

la prends et là, je reçois
terrible. Devinez ce qui
dessus.

ai pas dit. Grrr!

— YABADABADOU! C'est nous!

Les membres de ma bande qui viennent me voir! Tanguay, le fils du dépanneur:

— Je t'ai apporté deux sacs de chips. Un au vinaigre et un à la pizza. Tes préférés.

Lapierre, l'ancien chef du groupe. Un dur!

— Salut, chef! Alors, tu es malade! Je croyais que c'était un de tes plans pour rater l'école.

Et Clémentine, la *bolle* de la classe. Elle est gentille, mais... différente.

D'ailleurs, elle m'offre des fleurs! Je ne sais pas quoi dire.

— Je t'avais prévenue! lance Tanguay. Les fleurs, c'est niaiseux. Sophie préfère les chips.

— Euh... pas
ve que les fleurs
Joli... je pense
plane dans ma
l'ombre sur les
entends pas, mê
de plus en plu
Tanguay et Lapi
qu'à côté d'Aigle
— Trop bruya
che Marie-Ange
Sophie se reposer
C'est vrai, ça
guent.
— On fêtera
mangeant du choc
Pauvre Tangua
nourriture à la bou
ui, ce sont les ins
— Salut, grosse
Comme toujour
est bizarre.

—
t-ell
E
zarr
—
Ma
une

J
cho
écri

Attention à Lapierre. Il fait des magouilles.

Clémentine

Des magouilles? Si c'est ce que je pense, c'est grave. Il faut que je sois sûre.

— Ce sont des manigances pour prendre la place d'un autre, m'explique Marie-Ange.

Je le savais! Lapierre veut redevenir chef! Et Clémentine n'est pas d'accord. Mais elle n'est pas de taille à me défendre contre Lapierre. Il faut que je sorte d'ici au plus vite!

Mamie avait raison. On en apprend des choses à l'hôpital!

ai pas dit. Grrr!

— YABADABADOU! C'est nous!

Les membres de ma bande qui viennent me voir! Tanguay, le fils du dépanneur:

— Je t'ai apporté deux sacs de chips. Un au vinaigre et un à la pizza. Tes préférés.

Lapierre, l'ancien chef du groupe. Un dur!

— Salut, chef! Alors, tu es malade! Je croyais que c'était un de tes plans pour rater l'école.

Et Clémentine, la *bolle* de la classe. Elle est gentille, mais... différente.

D'ailleurs, elle m'offre des fleurs! Je ne sais pas quoi dire.

— Je t'avais prévenue! lance Tanguay. Les fleurs, c'est niaiseux. Sophie préfère les chips.

— Euh... pas du tout! Je trouve que les fleurs, c'est très joli.

Joli... je pense à Aigle Noir. Il plane dans ma tête et jette de l'ombre sur les autres. Je ne les entends pas, même s'ils parlent de plus en plus fort. Surtout Tanguay et Lapierre. Je vous dis qu'à côté d'Aigle Noir, ils sont...

— Trop bruyants, leur reproche Marie-Ange. Il faut laisser Sophie se reposer.

C'est vrai, ça! Ils me fatiguent.

— On fêtera ton retour en mangeant du chocolat!

Pauvre Tanguay, il n'a que la nourriture à la bouche. Lapierre, lui, ce sont les insultes:

— Salut, grosse tête!

Comme toujours, Clémentine est bizarre.

— Je reste avec toi, chuchote-t-elle.

Et elle s'en va. Vraiment bizarre...

— Tu as échappé ça, dit Marie-Ange en me remettant une petite feuille de papier.

Je la prends et là, je reçois un choc terrible. Devinez ce qui est écrit dessus.

3
Sophie plonge dans le mensonge

— Bonjour, Marie-Ange!

— Ah, tiens! Aigle Noir! Qu'est-ce que tu fais dans le coin?

AIGLE NOIR! Il est là, derrière le rideau qui entoure mon lit.

— Je cherche une princesse indienne aux yeux de feu.

— Une princesse indienne? s'interroge Marie-Ange. Je ne vois pas qui c'est.

Incroyable! Marie-Ange ne m'a pas reconnue.

— C'EST MOI, VOYONS!

***

Aigle Noir a réussi à convaincre Marie-Ange de nous laisser faire une petite promenade. Il est vraiment puissant. Tout le monde le salue. Peut-être qu'il est le fils du directeur.

— Ah non! répond Aigle Noir en riant. Mon père est guide en forêt. Je viens du Nord.

— Mais tout le monde te connaît!?

Aigle Noir ne rit plus. Il m'explique que l'hôpital est un peu sa maison. Il y a fait trois séjours de plusieurs mois chacun.

Il enlève sa casquette. Je découvre qu'il n'a pas de cheveux. Comme les enfants qui ont le cancer.

— Tu as... C'est... Je...

Je me sens vraiment idiote, et lâche aussi. Aigle Noir, lui,

est super courageux:

— Ne t'en fais pas! Je trouve toujours un moyen de m'en sortir. Cette fois, j'ai découvert quelqu'un de très fort pour m'aider. J'ai envie de te le présenter.

Il me conduit à l'étage de la maternité. Et là, il me montre un bébé minuscule. Je ne comprends pas.

— Je viens le voir tous les jours. Il a juste six mois, mais il se bat comme un LION pour survivre. Si lui y arrive, il n'y a pas de raison pour que je n'y arrive pas.

Je comprends. Et je trouve ça beau, fiou!

— Puis lui et moi, on est pareils. On n'a pas un poil sur le caillou, poursuit Aigle Noir en riant.

Non seulement il est courageux, mais il est drôle. Je vous dis que je suis impressionnée. Je n'ai jamais rencontré un garçon qui a... autant de qualités.

— Je suis sûr que toi aussi, tu es une LIONNE.

Aigle Noir me prend la main et il la serre doucement. Ça me fait un effet! On dirait que je recommence à faire de la fièvre!

Aigle Noir a l'air désolé:

— Tu te sens mal? Je ne t'ai même pas demandé ce que tu avais. Je suis vraiment...

C'est épouvantable! Je ne peux pas lui répondre que je fais une gastro-entérite.

Même sérieuse. C'est trop niaiseux.

— Les médecins ne savent pas ce que j'ai. Mon cas est compliqué.

— Alors, tu seras encore ici dans dix jours!

— Non, je pars... euh... Dans dix jours? Je ne sais pas. Pourquoi?

— C'est l'Halloween! Chaque année, il y a une grande fête à l'hôpital.

— L'Halloween! Je ne pensais pas pouvoir y participer.

C'est faux! J'ai déjà mon costume de kangourou. Il a une grande poche sur le ventre pour recevoir les friandises.

— Tu pourrais te costumer en princesse indienne!

Je me rends compte que, lorsqu'on plonge dans le mensonge,

on... nage dans les complications.

Je promets à Aigle Noir de fêter l'Halloween avec lui. Et aussi de me déguiser en princesse indienne.

Sous sa casquette, son visage de lune se colore de deux pommettes rouges. Comme celles d'un clown heureux.

4
Sophie risque sa vie

Il est minuit. Je n'arrive pas à dormir. J'ai l'impression que ma tête est un sac de biscuits secs. Mes idées sont en mille miettes.

Plus tôt dans la soirée, mes parents sont venus avec Laurent. Ils m'ont annoncé que je sortais de l'hôpital demain.

Évidemment, je ne leur ai pas parlé d'Aigle Noir. Je leur ai dit que je n'étais pas guérie. Que c'était peut-être... imprudent de quitter l'hôpital. Ils n'en sont pas revenus!

Puis, j'ai aperçu des écouteurs sur les oreilles de Laurent. Les écouteurs de MON baladeur.

J'ai récupéré mon appareil en accusant Laurent de souhaiter ma mort. Il m'a répondu oui. Je n'en revenais pas. Je l'aurais tué.

J'ai dit à mes parents:

— À bien y penser, c'est peut-être plus prudent que je rentre à la maison. Mais la nuit porte conseil. Je vais réfléchir.

Mes parents étaient tout mêlés. Ils ont parlé à Marie-Ange, qui a confirmé mon départ pour demain.

Depuis, c'est moi qui suis mêlée.

D'un côté, j'ai des raisons graves de partir:

1) Laurent est en train de me CHIPER toutes mes affaires. C'est certain.

2) Lapierre est en train de me CHIPER ma place de chef. C'est encore plus certain.

3) Euh... je ne peux pas manquer l'école trop longtemps. C'est vrai, ça!

D'un autre côté, il y a Aigle

Noir! Un garçon exceptionnel qui me trouve... exceptionnelle. Il sera déçu de moi si je ne tiens pas ma promesse. Fiou!

Pour fêter l'Halloween avec lui, je dois rester à l'hôpital dix jours. Il faudrait que ma gastro se complique pas mal!

Un des moyens, ce serait de manger des tas de «cochonneries». Mais je n'en ai pas. Mais... oui! Les sacs de chips de Tanguay!

Je vais laisser le hasard décider: ou ça passe, ou ça casse. Pour Aigle Noir, je suis prête à prendre un risque avec ma santé.

J'hésite entre les deux saveurs. Ma bouche se remplit de salive. Je me rends compte que j'ai une envie folle de cochonneries!

Je choisis la saveur de pizza. C'est moins... dur pour l'estomac que le vinaigre. J'ouvre le sac et je mange quelques croustilles. C'est BON!

Quand même, j'ai le courage de m'arrêter. J'écoute mon ventre afin de savoir s'il proteste. Rien. Pas la moindre petite crampe. Je vide le sac à la vitesse d'une affamée. MIAM!

J'ouvre le sac de chips au vinaigre. Fiou! C'est pas mal plus acide que la pizza. Et on dirait que j'ai moins d'appétit.

Quand même, j'ai le courage de continuer. Pour... Aigle Noir. Quand j'ai terminé, j'ai un peu mal au coeur. Mais je crois que je ne fais pas de fièvre.

Contrairement à ce qu'on affirme, les chips, ce n'est pas si mauvais pour la santé...

5
Sophie tombe dans un piège

En me réveillant, j'ai mal au COEUR! Et j'ai des CRAMPES!

Marie-Ange n'y comprend rien. Elle fait venir le médecin. Plus ils discutent, plus je me sens mal.

Je pense que j'ai vraiment mis ma santé en danger. J'aurais dû m'en tenir à un sac de chips. Deux, c'était une dose trop forte.

Le médecin décide de m'examiner. Il rabat les couvertures et là, tout le monde reçoit un choc. À mes pieds... gisent les sacs vides. Comme des noyés qui refont surface.

Marie-Ange et le médecin restent muets. Je crois que c'est le calme avant la tempête. Pour me protéger, je pleure et je raconte... le drame que j'ai vécu.

— Et mon SEUL moyen de choisir, snif! c'étaient les chips. SNIF!

Marie-Ange et le médecin restent muets encore un peu. Puis ils m'apprennent une chose incroyable!

Je n'ai même pas besoin d'être malade! Je peux assister à la fête d'Halloween de l'hôpital... simplement en achetant un billet d'entrée. C'est une façon de contribuer à la recherche scientifique.

J'ai risqué ma vie pour rien! Je suis ENRAGÉE.

Et je le suis toujours quand mon père vient me chercher. Je rentre chez moi, mais ce ne sera pas pour rien!

En arrivant à la maison, je monte directement à la chambre de Laurent.

— Rends-moi mes affaires tout de suite!

— Hein! Quelles affaires?

— Celles que tu m'as prises pendant que j'étais à l'hôpital.

— Tu aurais dû y rester! Tu es

folle, ma pauvre vieille.

Je ne le crois pas. Et je mets sa chambre à l'envers... sans rien trouver. Je n'en reviens pas! Je dis à Laurent qu'il a rai-

son et je me sauve dans ma chambre.

C'est vrai, je n'arrête pas de faire des folies. J'ai quitté l'hôpital sans dire bonjour à Aigle Noir. J'avais honte. Une... princesse indienne ne conte pas de mensonges.

Je suis MALHEUREUSE!

— Mon petit chou! Ça ne va pas, toi.

Mamie! Je me jette dans ses bras. Tout en me berçant, elle m'apprend que Marie-Ange lui a raconté mon histoire. Et là, vous savez ce qu'elle me sort?!

— Tu ne serais pas amoureuse d'Aigle Noir?

Moi, amoureuse! PAUVRE Mamie. À son âge, on ne sait plus ce qu'est l'amour! Je lui explique qu'elle se trompe:

— Aigle Noir me trouve formidable. Et moi je le trouve exceptionnel. Et j'ai fait une folie pour lui. C'est tout! Ça ne veut pas dire que je suis amoureuse!

— Ah bon! fait Mamie en se levant. J'avais une idée... Tu pourrais revoir Aigle Noir, tout en réglant le cas de Lapierre.

Mamie est une sorcière! Elle me tend des pièges et je tombe toujours dedans. Grrr!

— Je veux bien écouter ton idée, Mamie. Puisque tu y tiens tant!

***

Je n'ai jamais été si contente de retourner à l'école. Lapierre ne sait pas ce qui l'attend. Quand même, je vais suivre le conseil de Mamie:

— Avant d'accuser quelqu'un, il faut être sûr! Ne fais pas la même bêtise qu'avec Laurent.

À la première récréation, je réunis la bande. Et je mène une enquête... sérieuse:

— Alors Lapierre, ça t'arrangeait que je sois à l'hôpital?

— C'est faux! Puis, qui t'a dit ça?

— Je n'ai besoin de personne pour savoir qu'un chef veut rester chef!

— Ouais! Bien, pour rester chef, il ne faut pas être malade.

— Ouais! Bien, pour être chef, il faut avoir des idées. Tu en as?

— Des idées? Euh... il faut que j'y pense!

— Eh bien moi, j'en ai une. Une grande idée: SAUVER DES VIES!

En ramassant de l'argent pour la recherche scientifique...

Aucune réaction! Je me rends compte que tout le monde n'a pas le même idéal.

— Et une SUPER FÊTE D'HALLOWEEN!

Les hourras! éclatent comme un feu d'artifice. Tout le monde accepte de vendre des billets pour la recherche. Même Lapierre. Mais il me prévient:

— Ce n'est pas terminé, grosse tête! Je vais finir par en trouver, une idée.

Je ne suis pas inquiète. Je sais que Lapierre n'a pas de Mamie...

6
Sophie crache le feu

C'est le grand jour.

L'hôpital est envahi par une foule de créatures étranges.

À côté de moi, un kangourou sautille de plaisir. C'est Laurent, à qui j'ai donné mon costume pour me faire pardonner.

— Youhou! Sophie!

Clémentine! Elle est costumée en DIABLE! Et Lapierre en ANGE! C'est le monde à l'envers. Il n'y a que Tanguay de... normal. Il est déguisé en *hot dog*.

Moi, je ne suis pas sûre de ressembler à une princesse indienne.

Je voulais une loonnngue tresse. Avec mes poils de pinceau, ma mère n'a pu faire qu'une masse de petites tresses.

— Tu as l'air d'une pelote d'épingles, m'a dit Laurent.

Aigle Noir va me trouver affreuse. C'est certain. Et puis, j'ai encore un peu peur de sa réaction. Surtout devant mes amis. J'ai envie de me sauver.

— Qu'est-ce que tu fous? lance Lapierre. Toute la bande t'attend.

Il m'entraîne malgré moi dans la grande salle de fête. On rejoint les autres pour la remise de notre collecte. Tout le monde se conduit en chef, sauf moi!!??

Laurent retourne sa poche de kangourou à l'envers. L'argent tombe par paquets.

Clémentine prend la parole: «C'est un grand projet de Sophie...» J'entends des tonnes d'applaudissements.

Puis, j'entends Tanguay chuchoter: «J'ai repéré le coin du lunch! Suivez-moi!»

En une seconde, je me retrouve seule. Je jette un coup d'oeil autour de moi. Puis un peu plus loin. Je ne vois Aigle Noir nulle part.

Il est peut-être... mort! Non! Je ne veux pas! Ça me fait trop mal! Mon coeur s'arrête de battre. En dedans de moi, je crie: «Mamie! C'est ça, être amoureuse? C'est trop terrible!»

— Terrible! Tu es terrible!

AIGLE NOIR! Il est vivant! Mon coeur recommence à battre. De plus en plus vite. C'est épouvantable! Il va éclater! Je sens la main d'Aigle Noir serrer doucement la mienne. Ça y est! Je fais de la fièvre.

L'amour, c'est vraiment dur pour la santé. Je ne sais pas si je vais résister. Fiou!

— Tu as l'air d'une vraie princesse.

Quand même, l'amour c'est formidable. Je flotte. J'ai l'impression de vivre dans un film. Sous une pluie d'étoiles, la princesse...

— Marie-Ange m'a raconté ce que tu as fait.

La princesse est démasquée. Le film va mal se terminer. Je me sens devenir crapaud.

— C'est le plus beau cadeau que j'aie jamais eu. C'est comme si tu m'avais donné un peu de ta santé. Mais il ne faut plus.

— Plus quoi?

— Mettre ta santé en danger. Pour rien. Jamais. Parce que ça grignote la vie à toute vitesse!

Avec Aigle Noir, je ne sais jamais à quoi m'attendre. Il est triste, puis il fait une pirouette de clown.

— C'est un gruyère qui te le dit! Les trous dans la vie, je connais ça.

— Et tu trouves toujours un moyen de t'en sortir! Comme le petit bébé.

— J'ai trouvé quelqu'un d'autre! Un certain Doudou. J'aimerais bien qu'il reste avec moi.

Doudou! Je l'avais oublié! Mais ce sera dur de me séparer de lui pour toujours. Et puis, je ne comprends pas Aigle Noir.

— Tu veux mon vieux toutou!?

— Ce sera comme si tu restais avec moi. Je crois que tu ne reviendras pas ici avant longtemps. Dehors, il y a la vie. Et tu es faite pour elle. Tu craches le feu, ma princesse indienne.

Aigle Noir me prend par le cou et il me donne un baiser sur la joue.

Je ne peux pas vous expliquer ce que ça me fait. C'est trop... doux, et fort en même temps.

Mais je peux dire que maintenant, je sais ce qu'est l'amour.

***

C'est vrai. Mamie m'a dit que j'avais vécu une GRANDE histoire d'amour. Comme celle de Roméo et Juliette. Mais que c'était un amour impossible.

C'est terrible! Je pense à Aigle Noir sans arrêt. Il jette de l'ombre sur tout. Il s'est trompé. Je ne suis pas faite pour la vie... sans lui.

— Salut, grosse tête!

Grrr! Lapierre! Il est PÉNIBLE!

— Va falloir que tu penses vite! J'ai trouvé une idée géniale. Un SUPER projet pour la bande.

Je n'en reviens pas! Ça ne se

passera pas comme ça. C'est moi le chef! Lapierre ne prendra pas ma place. Je vais me battre.

Je me sens comme un volcan! Je... crache... le feu.

Au fond, peut-être qu'Aigle Noir ne s'est pas trompé. Peut-être que la vie est plus forte que tout.

Quand même, je n'oublierai jamais Aigle Noir. Je sais qu'il planera dans ma tête pour toujours. C'est certain.

Table des matières

Dans la même collection, à la courte échelle:

PR154 *Marilou Polaire et le petit pois*
Raymond Plante

PR153 *L'hirondelle noire*
Sylvain Meunier

PR152 *Zeucat et le feu sauvage*
Sonia Sarfati

PR151 *L'été du cochon*
Marie-Danielle Croteau

PR150 *Ma vie sans rire*
Jean Lemieux

PR149 *L'audition de Thomas*
Sylvie Desrosiers

PR148 *Sophie est la honte de la famille*
Louise Leblanc

PR147 *La chorale des sept petits cochons*
Annie Langlois

PR146 *Sophie défend les petits fantômes*
Louise Leblanc

PR145 *Je ne suis plus ton ami*
Roger Poupart

PR144 *Les mystérieuses figurines*
Caroline Merola

PR143 *L'évasion d'Alfred le dindon*
Annie Langlois

PR142 *La petite Lilli est un génie*
Gilles Gauthier

PR141 *Un lettre en miettes*
Marie-Danielle Croteau

Achevé d'imprimer en septembre 2006 chez Gauvin, Gatineau, Québec